Lyman Frank Baum

Der Zauberer von Oz

Illustrationen von Olga Poljakowa

gondolino

ISBN 978-3-8112-3375-1
1. Auflage 2016

Nacherzählung: Emma Bergmann
Illustrationen: Olga Poljakowa
Printed in Poland

Der Umwelt zuliebe gedruckt auf chlorfrei gebleichtem Papier.

www.gondolino.de

Inhalt

Dorothy fliegt davon

„Heute ist es aber stürmisch", sagte Dorothy zu ihrem kleinen Hund Toto. „Komm, lass uns ins Haus gehen. Tante Em und Onkel Henry machen sich sonst Sorgen."

Toto rannte auf Dorothy zu, setzte sich vor ihre Füße und sah sie erwartungsvoll an.

Seit Dorothy zu Tante Em und Onkel Henry gekommen war, war Toto ihr bester Freund. Sie liebte es, mit ihm durch die Gegend zu tollen. Das Haus von Tante Em und Onkel Henry stand mitten in Kansas. Ringsherum war nichts außer Wüste. Trotzdem war Dorothy sehr glücklich. Sie half Tante Em beim Wäscheaufhängen und Kochen und Onkel Henry beim Holzhacken und Zäuneausbessern. Den Rest der Zeit verbrachte sie damit, Toto kleine Kunststücke beizubringen. Er konnte Männchen machen und sogar einige Schritte auf den Hinterbeinen laufen.

Dorothy nahm Toto auf den Arm und lief zum Haus. Eine starke Windböe wehte ihr so heftig ins Gesicht, dass sie sich mit aller Kraft dagegenlehnen musste, um nicht umgeblasen zu werden. Am Horizont konnte Dorothy sehen, wie der Wind den Staub hochwirbelte.

„Puh, ich glaube, das wird ein Wirbelsturm!“, sagte sie zu Toto und vergrub ihr Gesicht in seinem warmen, wuscheligen Fell. Toto leckte ihr über die Hand. Dorothy kämpfte sich gegen den Wind voran und erreichte endlich die Haustür. Mit ganzer Kraft zog sie am Türgriff und bekam die Tür so weit auf, dass sie hindurchschlüpfen konnten.

Tante Em und Onkel Henry waren in heller Aufregung.

„Wo wart ihr denn so lange?“, fragte Tante Em und nahm Dorothy in den Arm. „Ich habe mir solche Sorgen gemacht!“

„Siehst du, ich hatte recht“, flüsterte Dorothy Toto ins Ohr. Der bellte zustimmend.

„Bald wird ein Wirbelsturm über uns hinwegfegen“, brummte Onkel Henry. „Wir müssen in unser Schutzloch. Em, hast du die Notfalltasche dabei?“

„Ja“, antwortete Tante Em. „Hier ist sie!“ Sie reichte Onkel Henry die Tasche, in die belegte Brote, Wasserflaschen und Taschenlampen gepackt waren.

Onkel Henry hob eine schwere Holzplatte hoch, die in den Boden eingelassen war. Darunter führten ein paar Stufen in einen Kellerraum mit Tisch und Stühlen, in dem drei Menschen und ein kleiner Hund gemütlich ein paar Stunden verbringen konnten. So lange, wie die Stürme in Kansas eben dauerten. Doch meist konnte man sich nach ein bis zwei Stunden wieder nach draußen wagen.

Dorothy wollte gerade hinter Tante Em und Onkel Henry die Treppen hinuntersteigen, als sie stolperte. Toto sprang ängstlich von ihrem Arm und versteckte sich unter dem Bett.

Dorothy rappelte sich hoch und rief: „Toto, komm wieder her! Wir müssen in den Wirbelsturmbunker!" Doch Toto kroch nur noch tiefer unter das Bett. Dorothy legte sich flach auf den Boden und versuchte, den Hund hervorzulocken. Vergeblich.

Aus dem Bunker hörte sie Onkel Henry nach ihr rufen. „Ich komme gleich!", rief sie lautstark zurück und rannte in die Speisekammer, um ein Stückchen Wurst für Toto abzuschneiden. Dem konnte er sicher nicht widerstehen …

In diesem Augenblick erfasste eine noch heftigere Windböe das Haus und hob es nach oben. Es begann, sich um sich selbst zu drehen. Dorothy hielt sich mit einer Hand an einem Ring Dauerwurst fest, der von der Decke hing, und mit der anderen am Vorratsregal.

„Hilfe, was ist denn nun passiert?", schrie Dorothy. „Tante Em? Onkel Henry?"

Aber sie bekam keine Antwort. Und das Haus drehte sich immer schneller und schneller. Dorothy schloss die Augen, denn ihr wurde schwindelig. Das war doch sicher nur ein böser Traum … Wenn sie die Augen wieder aufmachte, war bestimmt alles wieder so, wie es sein sollte. Sie und Toto waren bei Tante Em und Onkel Henry und das Haus stand auf festem Grund.

Und wirklich: Als Dorothy die Augen öffnete, drehte sich das Haus nicht mehr. Sie rannte schnell zur Falltür, um zu sehen, ob mit Tante Em und Onkel Henry alles in Ordnung war. Doch anstatt des Kellerraums war da … nichts. Nur Leere und Luft.

Dorothy erschrak fürchterlich. Wie konnte das sein? Hatte der Wirbelsturm das Haus mit nach oben gerissen?

Sie tastete sich vorsichtig zum Fenster vor und spähte hinaus.

Draußen flogen kleine Bäume, Autos, Gartenschaufeln und Rasenmäher im Kreis herum. Das Haus selbst schwebte jedoch ganz still.

„Wir müssen im Auge des Wirbelsturms sein“, murmelte Dorothy. „Davon hat mir Onkel Henry erzählt. Dort ist alles ruhig.“

Fieberhaft überlegte sie, was sie tun konnte. Aber ihr wollte einfach nichts einfallen, was half, wenn man in einem Wirbelsturm gefangen war. Um ruhiger zu werden, schloss sie die Augen. Tapfer begann sie bis zehn zu zahlen. Als sie bei sieben angekommen war, kitzelte sie etwas am Bein. Bei neun spürte sie etwas Nasses, Weiches an ihren Zehen. Nass und weich wie … eine Hundeschnauze!

Dorothy blinzelte. „Toto!“, rief sie froh. „Hast du dich herausgewagt?“ Toto wedelte mit dem Schwanz. Sofort schöpfte Dorothy neuen Mut. Schließlich waren sie nun zu zweit. Es war eindeutig besser, gemeinsam im Auge eines Wirbelsturms durch die Gegend zu fliegen als allein. Da war sie sich sicher.

Dorothy besiegt (aus Versehen) eine böse Hexe

ass uns lieber die Klappe im Boden schließen", sagte Dorothy nach einer Weile zu Toto. „Sonst fallen wir noch hindurch."

Sie ging dicht an die Falltür heran. Dann stemmte sie sie mit aller Kraft nach oben und ließ die Tür donnernd nach unten sausen. Jetzt bestand keine Gefahr mehr, durch das Loch im Boden zu fallen.

„Schon besser", dachte Dorothy zufrieden. „Wenn man das Loch nicht vor Augen hat, wird man nicht ständig daran erinnert, dass man in recht luftiger Höhe reist."

In diesem Augenblick begann Toto zu bellen und sprang am Fenster auf und ab. „Was hast du denn?“, fragte Dorothy besorgt und guckte ebenfalls hinaus. Toto hatte recht. Etwas war anders. Der Wirbel hatte nachgelassen und das Haus verlor an Höhe.

„Ich glaube, wir landen!“, rief Dorothy. „Wir müssen uns festhalten!“ Das Haus schwankte hin und her, fiel aber nur sacht nach unten, weil der Sturm es weiterhin trug. Bald sah Dorothy Bäume, Felder und Flüsse unter sich. Während sie sich darüber wunderte, wie grün die Landschaft war, setzte das Haus mit einem lauten WUMMS! auf dem Boden auf. Die Tür des Küchenschranks öffnete sich und einige Tassen polterten heraus. Dann war es eine ganze Zeit lang still. Toto und Dorothy sahen neugierig aus dem Fenster.

So eine Landschaft hatte Dorothy noch nie gesehen. Überall standen Obstbäume, die die herrlichsten Früchte trugen. Auf den Wiesen blühten Blumen in allen Farben und winzige Vögel flatterten hin und her.

„Wir sind nicht mehr in Kansas“, sagte Dorothy zu Toto. „Wie kommen wir jetzt bloß zurück? Hoffentlich hat uns der Sturm nicht zu weit abgetrieben.“ Sie ging zum Regal und holte ihren Atlas hervor. „So“, fuhr sie fort, „wir gehen jetzt nach draußen. Hier wohnen sicherlich Leute, die uns sagen können, wie wir wieder nach Hause kommen.“

Als sie mit Toto vor die Tür trat, stand eine kleine Frau mit spitzem Hut vor ihr. „Liebes Mädchen, das hast du wunderbar gemacht!“, sagte sie und klatschte in die Hände.

„Ich verstehe nicht ...“, antwortete Dorothy verwirrt.

„Aber ich, aber ich!“, juchzte die kleine Frau. „Du hast dieses Land befreit, weil du die böse Hexe, die hier geherrscht hat, getötet hast.“

„Ich? Ich habe doch niemanden getötet. Und schon gar keine böse Hexe. Das kann ich nämlich gar nicht.“

„Na, dann hat es eben dein Haus erledigt. Guck mal!“ Die Frau deutete auf ein Paar silberne Schuhe, das unter dem Haus herausguckte.

„Ach du meine Güte! Das habe ich nicht gewollt!“, rief Dorothy erschrocken.

„Mach dir mal keine Gedanken. Dieser Unfall ist das Beste, was dem Land im Osten passieren konnte. Es ist nun frei!“

„Bist du auch eine Hexe?“, fragte Dorothy misstrauisch.

„Ja, aber eine gute. Ich bin die Hexe des Nordens. Hier, im Land von Oz, gibt es zwei gute Hexen. Die Hexe des Südens und mich. Und es gab stets zwei böse Hexen – die des Westens und die des Ostens. Allerdings haben wir nun dank dir nur noch eine. Gut gemacht, wirklich gut gemacht, meine Kleine. Wie heißt du eigentlich?“

„Dorothy“, sagte Dorothy.

„Das ist aber ein schöner Name!“ Die Hexe des Nordens beugte sich vor und küsste Dorothy auf die Stirn. Dorothy merkte, wie die Stelle, an der die Hexe sie geküsst hatte, warm wurde. Und plötzlich fühlte sie sich gar nicht mehr ängstlich, sondern zuversichtlich und glücklich.

„Niemand im Land von Oz wird dir etwas tun", sagte die gute Hexe und streichelte Dorothy über die Haare. „Du stehst jetzt unter dem Schutz einer guten Hexe."

„Kannst du mir denn helfen, wieder nach Kansas zu Tante Em und Onkel Henry zu kommen?", fragte Dorothy. Dann schlug sie ihren Atlas auf und hielt ihn der Hexe hin. „Und kannst du mir zeigen, wo wir gerade sind? Ich habe noch nie von einem Land namens Oz gehört." Als Dorothy sich über die Landkarte beugte, verschwamm sie vor ihren Augen und eine glitzernde grüne Schrift erschien. „Geh in die Smaragdene Stadt", las Dorothy. „Mm, dein Auftrag ist wohl eindeutig", sagte die Hexe und schmunzelte.

„Werde ich in der Smaragdenen Stadt erfahren, wie ich zurück nach Kansas komme?", fragte Dorothy.

„Das weiß ich nicht. Aber zumindest kannst du dort den Großen Zauberer von Oz fragen. Er ist der Herrscher dort."

„Begleitest du mich dorthin?" Dorothy sah die Hexe bittend an.

„Das darf ich leider nicht. Ich muss zurück in den Norden", sagte die Hexe. „Doch gehe immer die Straße mit den gelben Steinen entlang. Sie führt dich direkt ans Ziel." Die Hexe nahm Dorothy an die Hand und führte sie zu der Stelle, an der die böse Hexe unter dem Haus begraben lag. Man sah nur ihre Beine mit silbernen Schuhen an den Füßen hervorspitzen. Die gute Hexe zog der bösen die silbernen Schuhe aus und gab sie Dorothy. „Nimm sie. Sie besitzen Zauberkräfte. Welche genau, weiß ich nicht, aber das wirst du schon herausfinden." Dorothy schlüpfte in die silbernen Schuhe – sie passten wie angegossen. PENG! In diesem Augenblick löste sich der Körper der bösen Hexe mit einem Knall auf und stinkender schwarzer Rauch stieg in die Luft. „Puh, ich wusste es. Bosheit riecht ganz schön widerlich!" Die gute Hexe wedelte mit der Hand in der Luft, um den Rauch zu vertreiben. „Na, wie auch immer … Ich muss jetzt gehen. Oz kann dir bestimmt weiterhelfen. Viel Glück,

kleines Mädchen!“ Ehe Dorothy sich richtig verabschieden konnte, war die gute Hexe verschwunden. Nur ein zarter weißer Nebel und ein Hauch von Maiglöckchenduft erinnerten Dorothy daran, dass sie wirklich dagewesen war.

Dorothy findet einen neuen Freund

orothy setzte sich auf die grüne Wiese, streichelte Toto und versuchte zu verstehen, was ihr in den letzten Stunden passiert war. Nachdem sie eine Weile nachgedacht hatte, beschloss sie: „Wir packen uns jetzt etwas zu essen ein und folgen der gelben Straße. Wir müssen zum Großen Zauberer von Oz.“ Sie stand auf und ging ins Haus, um sich einen Korb mit Wurst, Brot und Käse aus der Vorratskammer zu füllen. Toto wartete draußen auf sie und spielte mit den Schmetterlingen Fangen. Dorothy musste lachen, als sie zurückkam und beobachtete, wie übermütig Toto durch die Gegend sprang und laut bellend herumtollte.

Als Toto Dorothy sah, rannte er zu ihr und legte sich auf den Rücken. Dorothy kraulte ihm den Bauch, bis er wohlig knurrte und sich genüsslich hin und her wälzte. „Jetzt müssen wir aber los“, sagte sie und deutete zu der Steinstraße, die sich neben dem Fluss entlangschlängelte. „Dort drüben geht es zur Smaragdenen Stadt.“

Dorothy und Toto folgten den ganzen Nachmittag den gelben Steinen. Ab und an war der Weg unterbrochen, aber die Steine leuchteten so hell, dass sie sie auch aus weiter Entfernung sehen konnten. Dorothy fand es lustig, von einem Stein auf den nächsten zu springen, und bemerkte gar nicht, wie die Zeit verstrich.

Als ihr der Magen zu knurren begann, setzten sie sich auf ein Feld, breiteten eine Decke aus und aßen vom Brot und vom Käse. „Das schmeckt lecker“, sagte Dorothy zu Toto. „Möchtest du auch mal probieren?“ „Gern“, antwortete eine hohe Stimme. Dorothy sah sich erschrocken um. Da hatte doch jemand gesprochen? Aber nein, sie musste sich getäuscht haben. Auf dem Feld stand nur eine Vogelscheuche mit einem großen Hut. Dorothy biss in ihr Brot und kaute mit vollen Backen weiter. „Entschuldige, ist das Käsebrot, was du da isst? Ich bin nicht sehr gescheit, musst du wissen. In meinem Kopf ist nur Stroh.“ Eindeutig! Eine Stimme! Aber hier war doch niemand – niemand außer der Vogelscheuche ... Dorothy stand auf und ging zu ihr hinüber. Der Kopf der Vogelscheuche bestand aus einem Sack, der mit Stroh ausgestopft war. Augen, Nase und Mund hatte jemand mit blauer Farbe aufgepinselt. Ansonsten trug die Vogelscheuche einen alten schwarzen Anzug und viel zu große rote Schnürschuhe.

„Hallo!“, sagte die Vogelscheuche.

„Kannst du sprechen?“, fragte Dorothy verwundert.

„Ja, auch wenn ich nicht viel zu sagen habe. Ich habe nämlich keinen Verstand.“

„Aber das weißt du doch zumindest. Dann kannst du gar nicht dumm sein“, versuchte Dorothy den Strohmann zu trösten.

„Du bist nett“, sagte die Vogelscheuche. „Wie heißt du?“

„Ich bin Dorothy“, sagte Dorothy.

„Sehr angenehm.“ Die Vogelscheue zog den Hut. „Wohin bist du unterwegs?“

„Ich gehe zum Großen Oz in die Smaragdene Stadt. Ich möchte ihn bitten, mich wieder zurück nach Kansas zu meiner Tante und meinem Onkel zu bringen“, sagte Dorothy.

Die Vogelscheuche bekam große Augen vor Staunen.

„Ooooh, darf ich mitkommen? Dann kann ich den Großen Oz bitten, mir Verstand zu schenken. Und dir kann ich helfen, den schweren Korb zu tragen. Du musst mich nur von dieser Stange befreien, die mir im Rücken steckt."

Dorothy überlegte und sah Toto an. Der wuselte um die Vogelscheuche herum und beschnüffelte sie aufgeregt.

„Schon gut, Toto. Der Strohmann tut dir nichts", sagte Dorothy und streichelte ihn. Sofort beruhigte Toto sich. Dann packte Dorothy den Strohmann an den Armen und hob ihn von der Holzstange. Dorothy war erstaunt, wie leicht er war. Sie setzte ihn auf dem Boden ab.

„Hu, fühlt sich noch etwas wackelig an", sagte der Strohmann, als er versuchte, die Füße voreinander zu setzen. „Wo geht es lang?"

„Wir müssen auf dem Weg mit den gelben Steinen bleiben", sagte Dorothy und reichte dem Strohmann den Arm. Nach ein paar Metern konnte der Strohmann schon recht sicher laufen und nach ein paar weiteren Metern hüpfte er sogar drauflos.

„Erstaunlich. Ganz erstaunlich für eine Vogelscheuche ohne jeden Verstand", wunderte sich Dorothy.

„Braucht man den denn fürs Hüpfen?", fragte der Strohmann. „Um ehrlich zu sein, mein Kopf fühlt sich immer noch ziemlich leer an. Der Große Oz soll mir Verstand schenken – das ist das Allerwichtigste im Leben!"

„Vielleicht hast du recht", sagte Dorothy und hängte der Vogelscheuche den schweren Korb um den Arm.

Der verrostete Blechmann

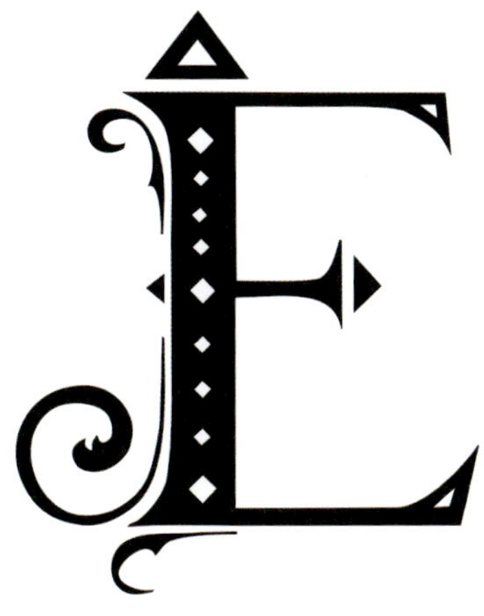

Eine Weile gingen die drei schweigend nebeneinanderher, als sie plötzlich ein quietschendes Knirschen hörten. Dorothy blieb stehen und horchte. Es knirschte wieder und diesmal stöhnte jemand ganz fürchterlich dabei. „Oh“, sagte Dorothy, „das klingt, als brauche wer unsere Hilfe.“

„Chrja, chranz recht! Hilfe, chzzz, ich brauche Hilfe“, krächzte es aus dem kleinen Waldstück, das neben der gelb gepflasterten Straße lag.

„Wir müssen nachsehen, was da los ist“, sagte Dorothy und ging, dicht gefolgt von Toto und der Vogelscheuche, in die Richtung, aus der die Stimme gekommen war.

Auf einer Lichtung stand ein Mann mit erhobener Axt vor einem Baumstumpf. Das allein hätte Dorothy sicher nicht erstaunt, denn sie hatte mit ihrem Onkel oft Brennholz geschlagen. Allerdings war dieser Mann vollständig aus Blech und er bewegte sich nicht. Er stand einfach nur da, mit der Axt in der Hand.

„Bitte, krzzz, ölt mich, krzchs, ich, krzzrrz, stehe hier schon seit, chrrrr, einem ganzen Jahr. Dort drüben, chr, ist die Ölkanne, chrrr", bat er und stöhnte dabei so sehr, dass Dorothy großes Mitleid mit ihm bekam. Sie sah sich um und entdeckte das Ölkännchen, das neben den Baumstamm gefallen war. Sie hob es auf und gab es dem Strohmann in die Hand.

„Was soll ich damit tun?", fragte er und besah sich das Kännchen von allen Seiten.

„Öle die Gelenke des Blechmannes. Du bist größer als ich und kommst überall hin", bat Dorothy.

Die Vogelscheuche träufelte auf alle verrosteten Stellen etwas Öl und bald schon konnte der Blechmann sich wieder bewegen.

Er drehte seinen Kopf einmal ganz herum, schwang seine Arme wie Windmühlenflügel im Kreis und machte 113 Kniebeugen. Dann setzte er sich auf den Baumstamm, streckte seine Beine lang und sagte: „Ah, tut das gut! Ich bin beim Holzhacken in den Regen gekommen. Und auf einmal konnte ich meine Gelenke nicht mehr bewegen. Alles verrostet! Das Ölkännchen war leider außer Reichweite. Was soll ich sagen? Ich danke euch von Herzen!"

„Gern geschehen", sagten Dorothy und die Vogelscheuche gleichzeitig.

Auf einmal fing der Blechmann an zu weinen. Bestürzt lief Dorothy zu ihm und legte ihm die Hand auf die blecherne Schulter. „Was ist denn, Blechmann? Haben wir etwas falsch gemacht?"

„Im Gegenteil", schluchzte der Blechmann. „Aber ich kann euch nicht von Herzen danken – ich habe nämlich gar kein Herz! Was gäbe ich dafür, wieder so fühlen zu können wie ein Mensch. So wie früher ...!"

„Lieber Blechmann, hör doch bitte auf zu weinen. Sonst rostest du wieder", sagte Dorothy voller Mitleid. „Was ist dir denn geschehen?"

„Vor langer Zeit liebte ich ein Mädchen und sie liebte mich. Doch die böse Hexe des Ostens wollte nicht, dass ich sie heirate. Also verhexte sie meine Axt und ich schlug mir nach und nach alle Körperteile ab. Ich bekam zwar neue aus Blech, aber ich hatte kein Herz mehr. Deshalb vergaß ich, wie es sich anfühlt, das Mädchen zu lieben. Und sie wird mich wohl auch längst vergessen haben." Der Blechmann sah traurig zu Boden.

„Wir sind auf dem Weg in die Smaragdene Stadt. Wir wollen den Großen Zauberer von Oz um einen Gefallen bitten. Ich möchte zurück nach Hause und die Vogelscheuche wünscht sich Verstand. Komm doch mit uns!", schlug Dorothy vor.

„Das wäre toll!", antwortete der Blechmann. In seinen Augen schimmerte Hoffnung. „Dann werde ich den Großen Oz bitten, mir mein Herz zurückzugeben. Denn ein Herz zu haben, ist das Allerwichtigste auf der Welt!"

Die Vogelscheuche sah den Blechmann verwundert an. „Ist nicht der Verstand das Wichtigste?"

„Nein, fühlen zu können ist wunderschön. Um glücklich zu sein, braucht man nur ein Herz", antwortete der Blechmann. „Lasst uns weitergehen. Ich kann es kaum erwarten!"

„Ich hoffe, es ist nicht mehr so weit", sagte Dorothy. „Ich mache mir schreckliche Sorgen um meine Tante und meinen Onkel."

Der ganz und gar unmutige Löwe

Und so gingen sie zu viert die gelbe Straße weiter. Die Landschaft hatte sich verändert. Die Bäume waren nicht mehr grün, sondern bunt. Sie leuchteten in allen erdenklichen Farben.

„Gut, dass wir uns vor nichts fürchten müssen“, sagte der Blechmann nach einer Weile. „Ich habe meine Ölkanne, dem Strohmann kann sowieso nichts passieren, außer jemand hält ihm ein Streichholz zu nah an den Körper, und du, Dorothy, trägst den beschützenden Kuss der guten Hexe auf der Stirn.“

„Aber was ist mit Toto?“, fragte Dorothy.

„Auf den passen wir alle gemeinsam auf“, sagte die Vogelscheuche. „Und es wird uns schon kein Löwe angreifen, haha!“

„Dass du dich da mal nicht täuschst!“, brüllte es aus dem Wald. Mit einem großen Satz sprang ein Löwe hinter den Bäumen hervor und stellte sich ihnen in den Weg.

„Das glaub ich jetzt nicht“, murmelte die Vogelscheuche und rührte sich vor Schreck nicht vom Fleck.

„Glaub es ruhig“, knurrte der Löwe und fegte die Vogelscheuche mit einem einzigen Prankenhieb von der Straße. Dann pirschte er sich mit gefletschten Zähnen an Toto heran, der winselnd nach hinten auswich. Nun hatte Dorothy aber genug. Entschlossen rannte sie auf den Löwen zu. Sie funkelte ihn böse an und zwickte ihn, so fest sie konnte, in die Nase.

Der Löwe jaulte auf und schlug sich die Tatze an die schmerzende Nase. „Du bist mir ja vielleicht ein Feigling!“, schrie Dorothy den Löwen an. „Du greifst die Schwächsten und Kleinsten der Gruppe an? Einen winzigen Hund und eine ausgestopfte Vogelscheuche! Dass du dich nicht schämst!“

Der Löwe sah plötzlich alles andere als furchterregend aus. Er saß zusammengekauert auf der Straße und blickte Dorothy beschämt an. „Ich weiß, ich bin ein großer Feigling. Ich hatte noch niemals den Mut für große Heldentaten. Die anderen Tiere haben nur nie bemerkt, dass ich gar nicht mutig bin, weil sie so viel Angst vor meinem lauten Gebrüll hatten.“

„Warum hast du denn keinen Mut?“, fragte der Blechmann.

„So bin ich schon geboren worden. Und das macht mich soooo trauriiiiiig!“, schluchzte der Löwe.

„Wenn es dich traurig macht, hast du wenigstens ein Herz. Das ist mehr, als ich habe“, bemerkte der Blechmann.

„Und Verstand hast du auch“, sagte der Strohmann. „Und das ist mehr, als ich habe.“

„Aber irgendwie nützt mir das alles nichts. Dieses Mädchen …“, er deutete auf Dorothy, „hat Mut für uns alle. Macht es gut. Und tut mir leid, dass ich euch belästigt habe.“ Der Löwe wandte sich ab und trottete zurück in den Wald.

„Warte“, sagte Dorothy. „Ich habe eine Idee: Dir fehlt auch etwas. Genau wie jedem von uns. Komm doch mit in die Smaragdene Stadt zum Großen Zauberer von Oz. Vielleicht kann er dir Mut schenken.“

Der Löwe blieb stehen und drehte sich zu ihnen um. „Ehrlich? Würdet ihr mich mitnehmen, obwohl ich mich so danebenbenommen habe?“

Dorothy, der Blechmann und die Vogelscheuche nickten und Toto rannte auf den Löwen zu, sprang ihm auf den Rücken und bellte dreimal kräftig. „Siehst du? Selbst Toto hat nichts dagegen, dass du mitkommst“, lachte Dorothy. „Und nun wollen wir uns einen sicheren Ort für die Nacht suchen. Es dämmert schon und ich bin ziemlich müde.“

Die großen Gräben

Die fünf übernachteten in einem Stall, der mit frischem Heu gefüllt war. Allerdings schliefen nur Dorothy und Toto. Der Löwe tat vor Aufregung kein Auge zu und die Vogelscheuche und der Blechmann sahen draußen nach dem Rechten.

Am nächsten Morgen wachte Dorothy davon auf, dass ein Grashalm sie an der Nase kitzelte. Glücklich sog sie den Duft des Heus ein und streichelte Toto, der neben ihr zusammengerollt schlief.

„Prima, du bist schon auf!“, sagte der Blechmann, der gerade mit der Vogelscheuche in den Stall trat, zu Dorothy. „Das Wetter ist toll. Vielleicht schaffen wir es heute noch zur Smaragdenen Stadt.“ Dann hielt die

Vogelscheuche ihr einen Korb hin, der randvoll mit Birnen und Äpfeln gefüllt war.

„Ich habe Frühstück mitgebracht", sagte die Vogelscheuche und setzte sich neben Dorothy. Die biss heißhungrig in das saftige Obst und schmatzte vor sich hin.

Als Dorothy satt war, machten sich die fünf wieder auf den Weg. Immer den gelb gepflasterten Steinen nach.

Sie gingen und gingen, bis … bis die Straße einfach endete. Ein tiefer Graben tat sich vor ihnen auf.

„Was machen wir denn jetzt bloß?", fragte die Vogelscheuche. „Ich weiß keinen Rat, ich hab nur Stroh im Kopf."

„Da gibt es wohl nur eines“, winselte der Löwe traurig. „Wir müssen umkehren.“

„So breit ist der Graben doch gar nicht ... Löwe, das schaffst du doch mit einem Satz!“, sagte der Blechmann.

„Und wir setzen uns auf deinen Rücken“, schlug Dorothy vor.

„Mmmm, meint ihr wirklich?“, knurrte der Löwe unglücklich. „Ich kann es versuchen, auch wenn ich große Angst habe hinunterzufallen.“

„Das finde ich aber sehr mutig von dir“, sagte Dorothy und kletterte auf seinen Rücken.

„Pah!“, schnaubte der Löwe. „Ich mach mir vor Angst fast in den Pelz, das kannst du mir glauben!“

Dorothy streichelte beruhigend seine Löwenmähne.

Der Löwe nahm Anlauf, sprang in einem eleganten Bogen über den Graben und landete sanft auf der anderen Seite.

„Das hat prima geklappt!“, rief Dorothy.

Der Löwe schüttelte sich. „Gerade noch mal gut gegangen“, murmelte er finster. Aber es half nichts, um auch den Blechmann, die Vogelscheuche und Toto auf die andere Seite zu holen, musste er noch einmal hin- und zurückspringen.

Alle freuten sich, dass es nun weitergehen konnte. Die Sonne schien warm auf die Wiese und alles roch nach Sommer. „Am liebsten würde ich mich aufs Gras legen, auf einem Halm kauen und den Bienen beim Summen zuhören“, seufzte Dorothy. „Aber ich habe trotzdem Sehnsucht nach daheim. Merkwürdig.“

Toto war schon ein Stück vorausgerannt und wetzte gerade bellend zu ihnen zurück. Aufgeregt sprang er an Dorothy hoch.

„Was ist denn los?“, fragte sie ihn.

„Vielleicht fürchtet er sich vor dem dunklen Wald da vorn“, meinte der Löwe und sah selbst ziemlich ängstlich drein.

„Ich habe gehört, dass in diesem Teil von Oz fürchterliche Tiere wohnen. Sie sind halb Bär, halb Tiger und schlagen mit ihren Tatzen alles kurz und klein", sagte der Blechmann. „Wir sollten uns beeilen!"

„Ach du je, du jemine!", jammerte der Löwe. „Wir sind verloren!"

„Ich befürchte, etwas da vorn wird uns noch viel mehr zu schaffen machen als die Tigerbären", meinte die Vogelscheuche und deutete auf einen Graben, der mindestens dreimal so breit wie der vorherige war. Und genau wie beim letzten Mal ging die gelbe Straße auf der anderen Seite weiter.

„Da komm ich jetzt aber wirklich nicht drüber", sagte der Löwe.

„Das stimmt", sagte Dorothy. „Aber wir haben doch den Blechmann und seine Axt."

Der Blechmann wusste sofort, was Dorothy meinte.

„Ich schlage zwei der großen Bäume nahe der Schlucht. So, dass sie über den Graben fallen. Dann können wir bequem wie über eine Brücke laufen."

„Blechmann, das ist es. Es muss wunderbar sein, so einen tollen Verstand zu haben!", sagte die Vogelscheuche.

Und auch Dorothy sah mit dieser Lösung sehr zufrieden aus.

Der Blechmann fällte den ersten Baum und der fiel so glücklich um, dass die Blätter der Baumkrone auf dem anderen Ufer aufschlugen.

„Und jetzt den zweiten", drängte der Löwe. „Ich will hier weg ..."

In diesen Augenblick ertönte aus dem Wald ein schreckliches Fauchen und Brüllen. Zwei ausgewachsene Tigerbären preschten auf sie zu. Ihr Fell hing zottelig in Fetzen herunter und ihre Augen glühten zornig.

„Da vorn gibt es Festtagsbraten!", kreischte der eine.

„Halt besser an, die haben einen Löwen dabei!", brüllte der andere.

Sofort bremsten beide, dass es nur so staubte, und besahen sich die merkwürdige Gruppe.

„Schnell rüber mit euch! Ihr braucht keinen zweiten Stamm", raunte der Löwe den anderen leise zu. „Die haben Angst vor mir, das müssen wir ausnutzen."

Dorothy, Toto, die Vogelscheuche und der Blechmann balancierten vorsichtig über den Baumstamm auf die andere Seite. Der Löwe plusterte sich auf und stellte sich wie ein Schutzschild davor. Er versuchte, den Furcht einflößenden Tigerbären nicht in die Augen zu sehen, nicht zu sehr zu zittern und auch nur ganz leise mit den Zähnen zu klappern. Er hoffte, dass seine vier Gefährten gut vorankamen, denn die Tigerbären tänzelten in immer enger werdenden Kreisen näher und begannen, sich das Maul zu lecken.

„Schau", hörte der Löwe den einen Tigerbären sagen, „das ist nur ein kleiner, ganz schwacher Löwe."

„Du hast recht", sagte der andere. „Ich glaube, unseren Braten bekommen wir heute doch noch."

Da hielt es der Löwe nicht länger aus. Er drehte sich um und rannte mit großen Sätzen über den Baumstamm. Dorothy, Toto und der Blechmann waren schon auf der anderen Seite, nur die Vogelscheuche musste immer wieder eine kurze Pause machen, weil ihr schwindelig wurde.

„Achtung!“, schrie der Löwe und tauchte so geschickt zwischen die Beine der Vogelscheuche, dass sie auf seinem Rücken landete und die letzten Meter von ihm getragen wurde. Der Blechmann, der gesehen hatte, dass die Tigerbären sie über den Baumstamm verfolgten, hielt seine Axt bereit. Sobald der Löwe auf sicherem Boden war, zerschlug er den Baumstamm. Die beiden Tigerbären starrten ihn entsetzt an, als sie begriffen, dass sie nun in die Tiefe stürzen würden. Sie überschlugen sich und schrammten an Felsvorsprüngen vorbei. Dabei jaulten sie herzzerreißend. Die fünf hatten kein Fünkchen Mitleid mit den scheußlichen Kreaturen. Die Tigerbären rappelten sich am Boden der Schlucht mühsam auf, hinkten davon und warfen böse Blicke nach oben.

„Das freut mich, dass wir entkommen sind“, sagte der Löwe zufrieden und rieb die Vordertatzen aneinander. „Denn es sieht ganz so aus, als würden wir nun noch ein Weilchen am Leben bleiben. Das ist gut so, denn ich habe gehört, dass es recht unangenehm sein soll, nicht mehr am Leben zu sein.“

Die Smaragdene Stadt

Auf dieser Seite des Grabens waren die gelben Steine der Straße ordentlicher gepflastert und leuchteten stärker als vorher. „Es kann nicht mehr weit sein“, sagte Dorothy. „Ich fühle den Glanz der Smaragdenen Stadt bis hierher.“

„Wenn wir die Stadt wieder verlassen, werde ich solche Sachen auch fühlen können“, seufzte der Blechmann.

„Ich für meinen Teil werde wissen, wie man sich im Leben zurechtfindet“, sagte die Vogelscheuche.

„Und ich werde den Mut haben, endlich ein guter und gerechter König der Tiere zu werden. Das wird schön!“, meinte der Löwe und schaute verträumt in die Ferne.

Sie folgten der Straße weiter, und je länger sie gingen, desto mehr hatte Dorothy den Eindruck, dass die Wiesen grüner, der Himmel blauer und die Sonnenstrahlen heller und goldener wurden. Und als sie über den nächsten Hügel gestiegen waren, sahen sie vor sich die Tore der Smaragdenen Stadt liegen. Dorothy blieb stehen und staunte. So etwas Schönes hatte sie bisher nur in ihrem Märchenbuch gesehen. In der Mitte der Stadt thronte auf einem Hügel ein Palast aus Smaragd. Auch die Häuser, die kreisförmig um den Palast gebaut waren, schimmerten funkelnd in der Sonne. Das Allerschönste aber war die Stadtmauer: Sie war ganz und gar aus durchsichtig-grüner Jade und darin waren Bilder von Tieren und Blumen eingearbeitet. In der Mitte der Mauer befand sich das Stadttor.

Schweigend näherten sich die fünf der Stadt. Selbst Toto bellte kein einziges Mal. Er rannte auch nicht vorneweg, wie er es sonst gern getan hatte, sondern trottete brav neben Dorothy her.

Vor dem Tor zur Smaragdenen Stadt stand ein Mann in grüner Uniform. „Herzlich willkommen!“, sagte er. „Wollt ihr die Stadt besichtigen? Ich kann euch eine Kutsche rufen, die euch die schönsten Orte zeigt.“

„Das ist sehr freundlich von Ihnen“, antwortete Dorothy höflich und machte einen Knicks. „Aber wir wollen zum Großen und Mächtigen Zauberer von Oz. Würden Sie ihm melden, dass wir hier sind?“

„Ihr wollt zum Zauberer von Oz? Ich befürchte, da muss ich euch enttäuschen. Er empfängt niemanden.“

„Würden Sie es wohl bitte trotzdem versuchen? Wir alle haben einen Wunsch, bei dem uns nur der Zauberer von Oz helfen kann. Die gute Hexe des Nordens schickt mich“, erklärte Dorothy und sah den Wächter flehend an.

„Tja, wenn das so ist“, gab der zurück. „Von einer guten Hexe ist bisher noch niemand empfohlen worden. Ich werde euer Anliegen dem Palast weitergeben. Aber macht euch nicht zu viele Hoffnungen.“

Dann führte er sie in einen Raum, in dem alles grün war: die Vorhänge, die Teppiche, die Möbel … einfach alles.

„Bevor ich euch in die Stadt einlasse, muss ich euch noch Schutzbrillen anpassen", sagte der Torwächter.

„Warum denn das?", fragte der Blechmann.

„Und ich dachte schon, nur ich verstehe das nicht", sagte die Vogelscheuche. Dann wandte sie sich an den Wächter. „Du musst wissen, ich möchte den Großen Zauberer nach ein wenig Verstand fragen. Ich habe nämlich keinen."

Der Torwächter besah sich die Vogelscheuche voller Mitleid. „Das ist ja traurig. Dann kann ich nur hoffen, dass du vorgelassen wirst."

Dann holte er einen Korb voller Brillen mit grünen Gläsern und legte jedem eine an. Selbst Toto musste eine winzig kleine aufsetzen.

„Die Brillen braucht ihr, um vom Glanz der Stadt nicht geblendet zu werden. Und damit ihr sie nicht absetzen könnt, werde ich die Bügel hinten mit einem Schloss versehen. Ich nehme sie euch wieder ab, wenn ihr die Stadt verlasst."

Dorothy kicherte, als sie die anderen sah. Der Löwe sah besonders lustig aus, weil durch die Brille seine Mähne in wilden Büscheln abstand.

War vorher schon ziemlich alles in der Stadt grün gewesen, so war das Grün nun vollkommen. Die Gläser der Brillen färbten sogar die Sonne ein.

Beim Großen Oz

er Torwächter brachte die fünf zum Palast. Dort führte er sie in einen Garten und bat sie zu warten.

Nach einiger Zeit kam er zurück und sagte: „Der Große Zauberer hat mir auf eure Anfrage einen Zettel zukommen lassen.“

Er faltete das Papier auseinander, räusperte sich und las:

Verehrte Gäste,
da ich mich heute voller Tatendrang fühle,
empfange ich euch. Bitte kommt einzeln zu mir.
Wäre es möglich, dass Dorothy zuerst kommt?
Der Große und Mächtige Zauberer von Oz.

Der Wächter starrte auf den Brief, als könnte er nicht glauben, was er da gerade gelesen hatte. Doch Dorothy sah die anderen an und sagte: „Ist möglich, glaube ich."

„Wie bitte?", fragte der Wächter verdattert.

„Na, dass ich als Erste zum Großen Zauberer gehe."

Die anderen nickten.

„Ist mir sowieso lieber. Ich wollte gar nicht zuerst", brummte der Löwe.

„Ja, ja, na gut. Ich … ich wundere mich einfach nur … Also das ist eben einfach noch nie vorgekommen … Das muss daran liegen, dass ich in der Anfrage von Dorothys Mal auf der Stirn und von ihren silbernen Schuhen berichtet habe", überlegte der Wächter. Dann wandte er sich an Dorothy: „Komm mit mir. Ich bringe dich zum Zauberer."

Als er sie vor den Thronsaal geführt hatte, verabschiedete sich der Wächter. Dorothy öffnete die Tür und betrat einen großen, fast leeren Raum. In der einen Ecke stand ein Thron, der mit Smaragden besetzt war. Es saß niemand darauf. Über dem Thron jedoch schwebte ein großer Kopf. Sollte das der Große Zauberer sein?

„Hallo, ich bin Dorothy", sagte sie schüchtern.

„Ich bin der Große und Schreckliche Oz. Was willst du von mir?", sagte der Kopf mit tiefer Stimme.

„Ich möchte dich bitten, mich zurück nach Kansas zu bringen. Dieses Land hier ist zwar sehr schön, aber ich möchte nach Hause zu meiner Tante und meinem Onkel", erklärte Dorothy. Gespannt sah sie den Kopf an.

„Ganz so einfach ist das nicht", sagte der Kopf. Und diesmal kam es Dorothy so vor, als läge etwas Drohendes in seiner Stimme. „Wenn ich etwas für dich tun soll, dann musst du auch etwas für mich tun." Dorothy erschrak. Was sollte sie schon für einen mächtigen Zauberer tun können, was der nicht selbst konnte? Da der Kopf schwieg, fragte sie nach einer Weile: „Und was, Großer und Schrecklicher Oz, soll ich für dich tun?"

„Du trägst die silbernen Schuhe der bösen Hexe aus dem Osten. Das heißt, du hast sie getötet. Töte auch die böse Hexe des Westens!“, sagte der Kopf.

„Aber ich habe die Hexe des Ostens nur aus Versehen getötet. Mein Haus ist auf sie gefallen“, gab Dorothy zu bedenken.

„Das ist mir ganz egal“, sagte Oz. „Du hast es geschafft und du wirst es sicher auch ein zweites Mal schaffen. Außerdem trägst du den schützenden Kuss einer guten Hexe auf der Stirn. Niemand im ganzen Land kann dir etwas tun. Das ist praktisch, wenn man vorhat, eine böse Hexe zu töten.“

„Eigentlich hatte ich das überhaupt nicht vor“, sagte Dorothy traurig.

„Ich befürchte, dann werde ich wohl nicht nach Kansas zurückkommen.“

Mit hängendem Kopf verließ sie den Thronsaal und ging zu ihren Freunden zurück. Die Vogelscheuche kam Dorothy aufgeregt entgegen und löcherte sie mit Fragen. Dorothy antwortete nicht und setzte sich betrübt zu ihren Freunden. Toto sprang froh an ihrem Bein hoch, doch sie würdigte ihn keines Blickes.

„Es war umsonst“, sagte sie müde. „Der Große Zauberer will mich nur nach Hause bringen, wenn ich die böse Hexe des Westens töte. Aber das kann ich nicht.“

„Warum denn das?“, fragte der Blechmann. „Wieso braucht er dich dazu?“

„Ich verstehe es auch nicht“, sagte Dorothy. „Aber versucht ihr nun euer Glück. Vielleicht stellt euch der Große Oz Aufgaben, die ihr bewältigen könnt.“

Als Nächste ging die Vogelscheuche in den Thronsaal. Als sie wieder herauskam, machte sie ein ebenso zerknittertes Gesicht wie Dorothy. „Genau das Gleiche“, flüsterte sie. „Der Große Oz will mir Verstand schenken, aber erst, nachdem ich Dorothy geholfen habe, die böse Hexe des Westens zu besiegen.“

Als Dritter ging der Blechmann hinein und dann der Löwe.

Auch ihnen hatte Oz die Erfüllung ihrer Träume versprochen. Aber zuerst sollten sie gemeinsam die böse Hexe erledigen.

„Na gut, dann versuchen wir es“, sagte der Löwe und schlug sich gleich darauf erschrocken die Tatze vor den Mund.

„Ich muss schon sagen: Für einen feigen Löwen klingt das ganz schön mutig“, kicherte Dorothy, die sich gleich ein wenig leichter fühlte.

Der Löwe nickte, immer noch die Pfote auf den Mund gepresst.

„Wundert es euch eigentlich auch, dass der Große Zauberer von Oz eine Dame ist?“, fragte die Vogelscheuche.

„Du brauchst wirklich noch einiges an Verstand“, sagte der Blechmann.

„Oz ist doch keine Dame!“ Dann beugte er sich verschwörerisch zu den anderen hinunter und flüsterte: „Er ist ein schreckliches Untier. Mit einem Kopf wie ein Nashorn und fünf spinnenlangen Beinen und Armen. Und er hat mich die ganze Zeit angebrüllt. Zum Glück habe ich noch kein Herz. Sonst hätte ich mich wohl sehr gefürchtet.“ Dorothy sah die Vogelscheuche und den Blechmann erstaunt an. „Ich weiß gar nicht, wovon ihr sprecht“, sagte sie. „Oz ist ein riesiger Kopf ohne Körper, der über dem Thron schwebt.“ „Nein, er ist ein alles verbrennender Feuerball“, knurrte der Löwe mit gesträubtem Fell. „Seltsam“, überlegte Dorothy. „Oz hat sich jedem von uns in einer anderen Gestalt gezeigt. Das ist der Beweis, dass er ein großer und mächtiger Zauberer ist.“

Der Blechmann nickte. „Und was sollen wir jetzt tun?“

Dorothy sah einen nach dem anderen eindringlich an. „Ich glaube, der Löwe hat recht. Wir sollten zumindest versuchen, die Hexe zu töten. Weiß jemand den Weg zu ihr?“

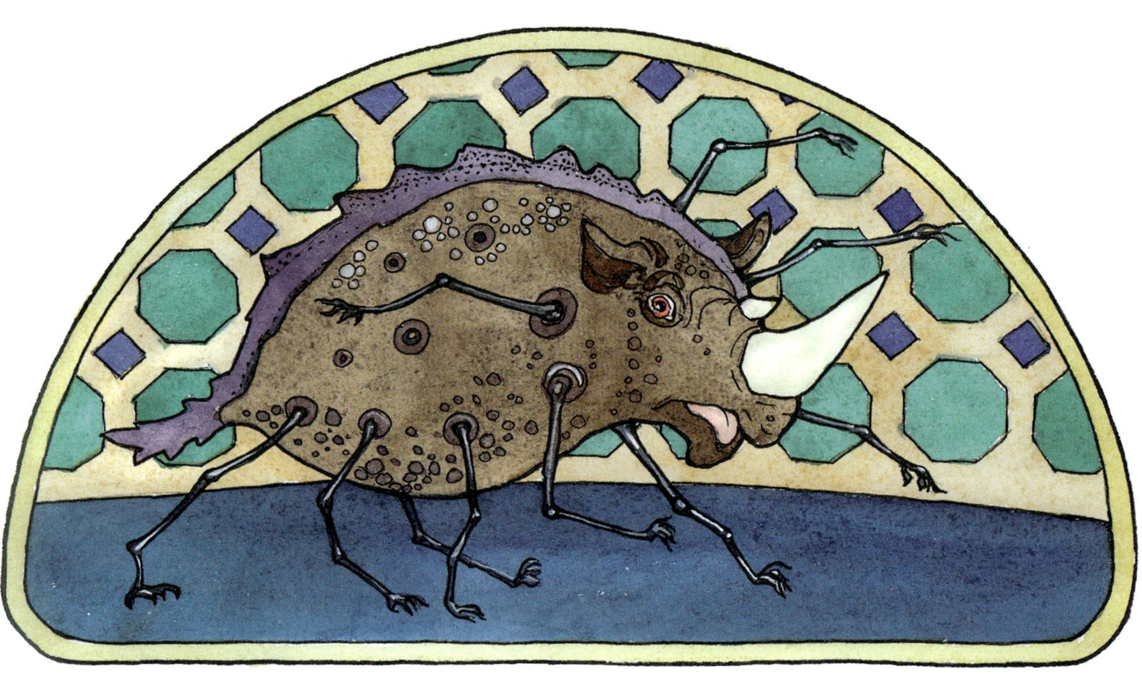

Die geflügelten Affen

Wegen des Wegs macht euch mal keine Gedanken“, sagte der Wächter, der alles mitangehört hatte. „Geht nach Westen und ihr könnt sicher sein, ihr müsst die Hexe nicht suchen, sondern sie wird euch finden.“

Dorothy lief ein Schauer über den Rücken. Die ganze Sache war sowieso schon unheimlich genug. Aber dass die Hexe einfach auftauchen würde, machte ihr noch mehr Angst.

Vor den Toren der Stadt öffnete der Torwächter die Brillen.

„Grün ist zwar eine schöne Farbe, aber die anderen Farben mag ich doch irgendwie auch“, sagte Dorothy. „Hab vielen Dank für dein Bemühen“, sagte sie zum Torwächter. „Auf Wiedersehen!“

„Ich wünsche euch alles Glück dieser Welt“, sagte der Wächter. „Hoffentlich sehen wir uns tatsächlich wieder.“

Er zeigte ihnen, in welche Richtung sie gehen mussten, und dann machten die fünf sich auf den Weg. Niemand lachte, sang oder sprang. Jeder hing seinen eigenen Gedanken nach und je länger sie gingen, desto schwerer wurden ihnen die Herzen. Sogar der Blechmann meinte zu spüren, dass seine Brust vor lauter Kummer enger wurde.

Langsam wurde es Abend. Doch anders als gewohnt, verschwand die Sonne von einer Sekunde auf die andere hinter rissigen Felsen und die fünf Gefährten standen im Dunkeln. Schnell fassten sie sich an den Händen, um sich nicht zu verlieren.

„Ich friere“, sagte Dorothy zähneklappernd. „Ich glaube, wir müssen uns ein Lager für die Nacht suchen.“

Damit waren alle einverstanden und der Blechmann schürte ein Lagerfeuer. Alle waren für die Wärme dankbar, nur die Vogelscheuche hielt ein paar Meter Abstand. Sie machte sich Sorgen, dass ein Funke ihr Stroh entzünden könnte.

So gut es ging, machte es sich jeder gemütlich. Dorothy und Toto kuschelten sich an das wärmende Fell des Löwen und schliefen bald erschöpft ein.

Mitten in der Nacht schreckte Dorothy auf. Toto bellte aufgeregt. Über ihnen flatterten merkwürdige Wesen. Sie sahen aus wie Affen, aber hatten Flügel wie Fledermäuse.

„Da sind sie!“, „Dort beim Feuer!“, „Packt sie!“, „Schnappt sie!“, schrien die Affen durcheinander. Dann stürzten sie herunter.

Dorothy hielt sich schützend die Hände über den Kopf und nahm Toto auf den Schoß, die Vogelscheuche rannte weg und der Blechmann stellte sich mutig vor das Feuer. „Kommt nur her, wenn ihr euch traut!“, schrie er und schwang dabei seine Axt durch die Luft. Die geflügelten Affen landeten. „Du alte Blechdose? Was willst du denn gegen uns ausrichten?“, fragte der Anführer der Affen, baute sich vor dem Blechmann auf und trommelte sich auf die Brust.

„Blechdose … haha … genau!“, kreischten die anderen und tanzten um das Feuer herum. „Wir kommen im Auftrag der Hexe des Westens. Sie hat euch durch ihr Zauberfernrohr beobachtet. Und wir sollen euch töten. Alle – bis auf den Löwen.“

Der Anführer der Affen besah sich Dorothy von allen Seiten und sagte: „Das Kind dürfen wir allerdings nicht töten, denn es hat das Mal des Guten auf der Stirn. Und das Gute siegt über das Böse. Wir bringen sie zur Hexe ins Schloss.“ Wie auf ein geheimes Kommando hoben die Affen Dorothy, Toto und den Löwen sanft auf und trugen sie davon. Dorothy schluchzte laut und der Löwe zitterte so sehr, dass die Affen Mühe hatten, gerade zu fliegen. „Lebt wohl!“, rief die Vogelscheuche ihnen hinterher. Zwei Affen waren zurückgeblieben und zerrten nun den Blechmann und die Vogelscheuche in die Luft. Die Affen rupften schon während des Flugs das Stroh aus der Vogelscheuche und warfen ihre Kleider auf einen Baum. Den Blechmann ließen sie in eine tiefe Schlucht fallen. Beim Aufprall verlor er ein Bein und sein Kopf bekam böse Dellen. Er konnte beim besten Willen nicht mehr aufstehen – und blieb einfach liegen.

Dorothy und die Hexe des Westens

ie Affen waren schnelle Flieger. Die Landschaft unter Dorothy raste nur so dahin und schon bald sah sie ein schwarzes Schloss am Horizont auftauchen – das Schloss der Hexe. Dorothy sah ängstlich zum Löwen hinüber. Der hing leblos zwischen zwei Affen und hatte die Augen geschlossen.

Im nächsten Augenblick waren sie schon über dem Burghof des Schlosses. Die Affen setzten sie ab und als Dorothy aufblickte, sah sie eine große Frau in einem schwarzen langen Kleid. Auf dem Kopf trug sie einen spitzen Hut und ihr Gesicht war von Warzen übersät. „Sie sieht genauso aus, wie man sich eine böse Hexe vorstellt“, dachte Dorothy.

Die Affen stellten sich im Kreis um die böse Hexe herum.

„Wir haben deinen Wunsch erfüllt und sind nun frei. Du kannst uns nun nie mehr zu Hilfe holen“, sagte der Anführer der Affen und wollte sich wieder in die Lüfte erheben.

„Moment mal!“, schrie die Hexe. „Dieses Mädchen lebt doch noch! Ihr solltet mir nur den Löwen bringen, den ich dressieren will!“

„Das Mädchen hat das Mal einer guten Hexe auf der Stirn. Du kannst ihr nichts zuleide tun!“

„Verdammt! Verdammt! Verdammt!“, kreischte die Hexe und riss sich Büschel ihrer langen, verfilzten Haare aus. Wütend stapfte sie dreimal im Kreis, packte den Löwen an der Mähne und zerrte ihn in einen Käfig.

Dann ging sie zu Dorothy und zischte ihr zu: „Du wirst meine Gefangene werden. Nie wieder sollst du lachen. Geh in die Küche und schrubbe das Geschirr!“ Sie schubste Dorothy in eine kleine Kammer. Dabei bemerkte sie die silbernen Schuhe, die Dorothy trug. „Dieses Balg weiß nicht, welche Zauberkräfte die Schuhe haben“, dachte die böse Hexe. „Wenn ich ihr schon nichts tun darf, dann stehle ich ihr zumindest die Schuhe.“ Sie schloss Dorothy in der Küche ein und holte eine Eisenstange. Die wollte sie unsichtbar hexen und in die Küche legen, damit Dorothy darüber stolperte. Anschließend würde sie ihr schnell die Schuhe von den Füßen ziehen.

Während die Hexe ihren bösen Plan schmiedete, hatte sich Dorothy darangemacht, Spülwasser in einem Kessel zu erhitzen. Sie bemerkte nicht, wie die Hexe sich wieder in die Küche schlich und die unsichtbare Eisenstange ablegte. Die Hexe ihrerseits bemerkte nicht, dass Dorothy einen Eimer mit heißem Wasser durch die Küche trug, um die verkrusteten Töpfe einzuweichen. Dorothy stolperte und der Eimer flog – wusch! – quer durch die Küche, genau auf die böse Hexe.

Die starrte Dorothy einen Augenblick voller Entsetzen an und schrie: „Du Wurm! Was hast du gemacht? Wasser … Wasser ist mein Feind! Wenn ich mit Wasser in Berührung komme, dann muss ich …“ Weiter kam die Hexe nicht, denn ihr Kopf begann, sich aufzulösen.

Obwohl es ganz entsetzlich aussah, konnte Dorothy den Blick nicht von der Hexe wenden. Die Hexe schmolz wie ein Schneemann, der in den Backofen geraten war. Sie floss einfach auseinander, bis nur noch eine Pfütze aus zäher, klebriger Masse zu sehen war.

Dorothy dachte: „Ich habe sie getötet. Ich habe schon wieder eine böse Hexe aus Versehen getötet.“ Aber schon im nächsten Augenblick dachte sie: „Juchu, ich habe meine Aufgabe erfüllt!“ Sie nahm den Schlüsselbund, der neben der Pfütze lag, und stürmte nach draußen in den Hof, um den Löwen zu befreien.

Der guckte sie erstaunt an und fragte: „Wo ist denn die Hexe hin?“ Während Dorothy nach dem richtigen Schlüssel suchte, erzählte sie ihm, was in der Küche geschehen war. Als sie den Löwen befreit hatte, klatschte der in die Pfoten und stieß ein lautes Glücksgebrüll aus: „Die Hexe ist tot! Dorothy hat die Hexe getötet!“

Mit einem Mal öffnete sich die Pforte zum Schlosshof und viele kleine Leute, die alle gelb gekleidet waren, stürmten herein. „Du hast unser Volk befreit!", riefen sie und ließen Dorothy hochleben. „Nun können wir hier endlich ohne Angst leben!" Dorothy freute sich von ganzem Herzen mit ihnen. Doch sie musste immer wieder an den armen Blechmann und an die Vogelscheuche denken. „Warum schaust du so traurig?", fragte eine dicke Frau mit sonnengelbem Kleid Dorothy. „Die Hexe hat meine Freunde, den Blechmann und die Vogelscheuche, entführt. Nun weiß ich nicht, ob sie überhaupt noch am Leben sind." „Sag das doch gleich!", antwortete die dicke Frau. Dann pfiff sie einmal laut auf den Fingern und plötzlich wurden alle ganz still. „Wir müssen Dorothy helfen", verkündete sie und legte den Arm um Dorothy. „Lasst uns gemeinsam ihre Freunde, eine Vogelscheuche und einen Blechmann, finden!"

Sofort schwärmten alle aus und eine Stunde später lagen die verbeulten Teile des Blechmanns und die zerrissene Kleidung der Vogelscheuche im Hof des Schlosses.

Dorothy staunte. Und noch viel mehr staunte sie, als eine weitere Stunde später die Vogelscheuche wieder ausgestopft vor ihr stand und ihr zuzwinkerte und der Blechmann glänzend poliert und ohne die geringste Delle auf und ab marschierte. Dorothy umarmte erst die Vogelscheuche und dann den Blechmann. „Vielleicht wird nun doch noch alles gut", flüsterte sie den beiden zu. Auch Toto war ganz aus dem Häuschen, die beiden zu sehen. Er beschnüffelte sie ausgiebig und machte Männchen.

„Es ist wie ein Wunder", sagte Dorothy zu ihren Freunden. „Die Hexe des Westens ist tot und wir sind wieder zusammen. Nun muss uns der Große Oz unsere Wünsche erfüllen."

Dann fragte sie die dicke Frau: „Wie kommen wir von hier in die Smaragdene Stadt?" „Oh, da muss ich dich enttäuschen", sagte die Frau.

„Es gibt keinen Weg.“ Sie drehte sich um und beriet sich mit einem älteren Mann. Dann gingen die beiden ins Schloss hinein und kamen mit einer Kappe aus goldenem Samt zurück. „Hier“, sagte die dicke Frau und reichte Dorothy die Kappe. „Der Besitzer dieser Kappe kann die geflügelten Affen rufen. Sie müssen dann machen, was er von ihnen verlangt.“ „Hm, die geflügelten Affen kennen wir schon. Ich weiß nicht so recht“, meinte Dorothy und drehte und wendete die Kappe unschlüssig in den Händen hin und her.

„Die geflügelten Affen sind nicht böse. Sie mussten der Hexe gehorchen. Wenn du sie rufst, dann werden sie dir zu Diensten sein. Vertraue mir.“

„Nun gut“, sagte Dorothy. „Wenn das die einzige Möglichkeit ist – versuchen wir es!“

Das Geheimnis des Großen und Schrecklichen Oz

Dorothy setzte sich die Kappe auf. Sofort erschienen die geflügelten Affen am Himmel und landeten im Schlosshof.

„Wie kann ich dir helfen?“, fragte der Anführer der Affen Dorothy. Dann fiel sein Blick auf die Vogelscheuche und den Blechmann. „Wie schön, dass der Plan der Hexe offensichtlich nicht aufgegangen ist. Wir haben ihre Befehle nur sehr ungern ausgeführt. Sie ist böse.“

„Sie war böse“, antwortete Dorothy. „Jetzt ist sie tot.“

„Sehr gut. Ich habe mich schon gewundert, so viele lachende Gesichter zu sehen“, sagte der Affe. „Würdet ihr uns bitte in die Smaragdene Stadt fliegen?“, fragte Dorothy. „Wir haben eine Verabredung mit dem Zauberer von Oz.“

„Mit dem größten Vergnügen.“ Der Anführer der Affen verbeugte sich tief. Dann winkte er die anderen herbei. Die Vogelscheuche, der Blechmann, der Löwe und Dorothy mit Toto im Arm stiegen auf die Rücken der Affen auf. Sie erhoben sich in die Luft, und huiiiii! ging's mit großer Geschwindigkeit in Richtung Smaragdene Stadt. Diesmal genossen die fünf den Flug und freuten sich über den Anblick der vielen Wiesen mit Butterblumen, die sie überquerten.

Nach wenigen Minuten landeten sie vor dem Tor der Smaragdenen Stadt. Der Torwächter, der nicht damit gerechnet hatte, Dorothy und ihre Freunde noch einmal zu sehen, kam auf sie zugerannt und umarmte sie stürmisch. „Ach du grüne Neune! Ich glaube, ich träume“, sagte er

immer und immer wieder. „Nein, Sie träumen nicht“, lachte Dorothy. „Wir sind es wirklich! Und wir haben gute Neuigkeiten. Die böse Hexe des Westens gibt es nicht mehr. Sie ist ein für alle Mal tot.“

„Wie habt ihr das nur gemacht?“, wollte der Torwächter wissen.

„Das ist eine lange Geschichte. Die erzählen wir Ihnen ein anderes Mal. Wir müssen dringend zum Großen Oz. Jetzt, wo wir die Aufgabe erledigt haben, muss er uns helfen.“ Der Torwächter passte ihnen die grünen Brillen wieder an und führte sie zum Thronsaal.

Diesmal betraten ihn die fünf gemeinsam. Sie sahen sich um, doch es war weder ein großer Kopf noch ein Ungeheuer noch eine junge Dame oder ein Feuerball zu sehen. Nur ein leerer Thron und in der Ecke ein weißer Wandschirm.

„Hallo?“, rief Dorothy. „Wir sind wieder da!“ Nichts rührte sich. „Das gibt es doch nicht!“, beschwerte sich der Blechmann. „Da riskieren wir unser Leben und Oz ist nicht mal da, wenn wir wiederkommen.“

„Und was ist mit seinen Versprechen?“, fragte die Vogelscheuche. „Ich hatte mich schon so auf meinen Verstand gefreut.“ „Und ich mich auf Tante Em und Onkel Henry“, flüsterte Dorothy Toto ins Ohr. Als hätte Toto verstanden, sprang er von ihrem Arm und rannte quer durchs Zimmer. Er schnüffelte in jede Ecke und verschwand plötzlich hinter dem Wandschirm.

„Nicht, das kitzelt!“, hörten sie eine Männerstimme. „Hör auf! Nicht abschlecken!“ Toto bellte laut und wedelte so heftig mit dem Schwanz, dass der Wandschirm zu wackeln begann und schließlich mit lautem Scheppern zu Boden fiel. Als Dorothy sah, was sich hinter dem Wandschirm befand, blieb ihr Mund offen stehen. Die Vogelscheuche schlug sich die Hand vor die Stirn. Der Blechmann ließ den Arm quietschend baumeln und der Löwe kaute aufgeregt an einer seiner Krallen. Hinter dem Wandschirm saß ein alter Mann. Und Toto zerrte an seinem Hosenbein. War das etwa …? Konnte das wirklich …?

„Sind Sie der Zauberer von Oz?“, fragte Dorothy schließlich und trat ein paar Schritte vor.

„Ob ich ein Zauberer bin, das weiß ich nicht so genau, meine Kleine“, antwortete der alte Mann. „Seit ich vor vielen Jahren mit einem Heißluftballon in diesem Land gelandet bin, halten die Menschen und Tiere in Oz mich für einen. Von da an habe ich immer im Verborgenen regiert. Auch euch wollte ich mich nicht in meiner wahren Gestalt zeigen, sondern habe mich für jeden anders verkleidet.“

„Dann sind Sie ja doch ein Zauberer“, sagte Dorothy.

„Bevor ich nach Oz kam, war ich Bauchredner und Schauspieler. Eben bis zu dem Tag, an dem der Ballon mich nach Oz getrieben hat.“

„Oz, es ist mir egal, was Sie sind, aber können Sie mir nun endlich einen Verstand geben – so wie Sie es mir versprochen haben?“, fragte die Vogelscheuche.

„Ich weiß, dass du bereits einen besitzt und jeden Tag Neues dazulernst, aber ich werde es versuchen. Komm zu mir!“, sagte Oz. Dann entfernte er das alte Stroh aus dem Kopf der Vogelscheuche und stopfte neues, das er mit Nadeln und Chilischoten vermischt hatte, hinein.

Die Vogelscheuche sah Oz an und sagte: „Ich spüre bereits, wie alles in mir zu denken beginnt. Sie haben mir einen besonders scharfen Verstand geschenkt. Vielen Dank.“

„Das kommt von den Nadeln und dem Chili“, antwortete Oz und lachte. Dann setzte Oz dem Blechmann ein wunderschönes Herz aus roter Seide ein und der feige Löwe durfte einen ganzen Becher Mut austrinken. Von diesem Moment an fühlte der Blechmann sein Glück ganz deutlich und der Löwe wusste gar nicht mehr richtig, vor was er eigentlich Angst haben sollte.

Als Letzte kam Dorothy an die Reihe. „Wissen Sie denn auch, wie ich wieder zurück nach Kansas kommen kann?“, fragte sie Oz. „Ich habe mir den Kopf darüber zerbrochen, wie ich dir helfen kann, und ich glaube,

ich habe eine Idee. Allerdings eine ohne Zauberei", sagte Oz und zwinkerte Dorothy zu.

„Wir beide sind durch die Luft hierher gekommen. Ich mit einem Heißluftballon und du mit einem Wirbelsturm. Und so müssen wir Oz auch wieder verlassen. Mein alter Ballon liegt noch auf dem Dachboden des Schlosses."

„Sie meinen, wir sollten mit dem Ballon nach Hause fahren?", sagte Dorothy und guckte Toto ängstlich an.

„Ja, warum denn nicht? Allein habe ich es nie gewagt, aber nun wären wir zu zweit." Oz sah Dorothy und Toto an. „Äh, ich meine, zu dritt."

Dann verschwand er aus dem Thronsaal.

Ein paar Minuten später kam er wieder. Bepackt mit langen Stoffbahnen aus Ballonseide. Oz ließ den schweren Stoff fallen und sagte: „Kommt mit nach draußen. Dann können wir sehen, ob der Ballon noch fahrtüchtig ist."

Heimreise mit Hindernissen

Sie schleppten den Ballon nach draußen und breiteten ihn aus. Er sah noch aus wie neu. „Nun hole ich noch den Korb, dann befüllen wir den Tank und schon kann es losgehen", sagte Oz eifrig.

„Puh, das geht alles ganz schön schnell", sagte der Blechmann zu Dorothy und Tränen liefen über seine Wange. „Das heißt ja, dass wir uns jetzt von dir verabschieden müssen. Kannst du …?" Er hielt ihr ein Taschentuch hin. „Sonst roste ich wieder." Dorothy wischte ihm die Tränen ab, aber ihr war selbst zum Weinen zumute. Nun würde sie sich von ihren Freunden trennen müssen.

Oz befestigte schon den Korb und stellte das Gas an. Heiße Luft strömte in den Ballon und er wurde immer runder. Oz kletterte in den Korb und rief: „Ich werde jetzt mit Dorothy nach Hause zurückkehren. Die Vogelscheuche soll der neue Herrscher der Smaragdenen Stadt werden, denn sie hat den schärfsten Verstand von euch allen." Die Vogelscheuche wurde rot im Gesicht vor Freude und antwortete: „Das mache ich sehr gern!"

„Dorothy, steig ein!", sagte Oz. „Die Seile sind schon ganz straff gespannt. Bald wird der Ballon abheben." Genau in diesem Augenblick sprang Toto von Dorothys Arm und verkroch sich unter einem Busch. „Toto! Toto!", rief Dorothy und stürmte ihm nach. Ohne Toto würde sie auf keinen Fall in diesen Ballon steigen. Als sie Toto geschnappt hatte und sich umdrehte, sah sie, wie der Ballon vom Boden abhob und schnell höher stieg. „Warten Sie!", schrie sie. Doch es war zu spät. Der Ballon fuhr schon zu hoch. Oz winkte zum Abschied und schon bald war er nur noch als winziger Punkt am Himmel zu sehen.

„Das ist doch wie verhext", schimpfte Dorothy. „Jetzt weiß ich wieder nicht, wie ich zurückkommen soll."

„Da ich nun blitzgescheit bin, hätte ich noch eine Idee", sagte die Vogelscheuche und lächelte weise. „Du hast doch noch die Samtkappe, mit der man die geflügelten Affen herbeirufen kann. Vielleicht können die dir helfen."

„Ja, genau!", sagte Dorothy. „Messerscharf kombiniert." Sie setzte sich die Kappe auf und sofort hörten sie das vertraute Flügelschlagen der Affen.

„Du hast uns gerufen. Was wünschst du?", fragte der Anführer.

„Könnt ihr mich nach Kansas bringen?", fragte Dorothy.

„Nein, leider können wir die Grenzen des Landes Oz nicht verlassen. Wir sind Wesen dieser Welt. Aber wir können dich zur guten Hexe des Südens bringen. Sie ist die Mächtigste unter den Hexen und kann dir sicher einen Rat geben."

Dorothy nickte und streichelte Toto. „Bereit?", fragte sie ihn.

„Wir kommen natürlich mit", knurrte der Löwe und stupste die Vogelscheuche und den Blechmann an. „Ja, klar", murmelte der Blechmann.

„Selbstverständlich“, sagte die Vogelscheuche. Sie stiegen auf die Rücken der geflügelten Affen und wieder dauerte es nur einige Momente, bis sie am Ziel waren. Die Affen setzten Dorothy und ihre Freunde direkt in der Küche der Hexe ab, wo die gerade beim Abendessen saß. „Würdet ihr das nächste Mal bitte anklopfen? Ich habe mich vor Schreck fast an meinem Apfel verschluckt“, sagte sie ein wenig ärgerlich.

„Tut uns wirklich sehr leid“, sagte Dorothy. „Das kommt nie wieder vor.“

„Na, jetzt seid ihr jedenfalls da – ein Löwe, eine Vogelscheuche, ein Blechmann und ein Mädchen mit Hund“, sagte die Hexe des Südens und grinste. „Ich bin gespannt, was euch zu mir führt.“

„Ich habe einen großen Wunsch. Ein Wirbelsturm hat mich in dieses Land gebracht, aber ich möchte nach Kansas zu meiner Tante und zu meinem Onkel zurück“, erklärte Dorothy. „Können Sie mir helfen? Man sagt, Sie seien die klügste und mächtigste Hexe in Oz.“

Die Hexe sagte nichts, sie sah Dorothy nur von oben bis unten an. Dann brach sie in schallendes Gelächter aus. „Hast du diese Schuhe schon die ganze Zeit getragen?“, fragte sie.

„Seit mein Haus aus Versehen die böse Hexe des Ostens begraben hat“, antwortete Dorothy und blickte auf die glänzenden Silberschuhe.

„Dann hättest du dir schon die ganze Zeit selbst helfen können – es sind Zauberschuhe“, kicherte die Hexe. „Wenn du die Hacken aneinanderschlägst, kannst du dich an jeden Ort der Welt wünschen.“

„Wirklich? Ach, wenn ich das nur früher gewusst hätte“, sagte Dorothy aufgeregt. Aber dann wurde sie nachdenklich. Allerdings hätte sie so nie ihre lieben Freunde hier kennengelernt. Und die hätten immer noch keinen Verstand, kein Herz und keinen Mut. Nein, sie bereute die Zeit in Oz nicht. Doch jetzt, jetzt war es Zeit zu gehen.

Sie umarmte die Vogelscheuche und flüsterte ihr ins Ohr: „Du wirst noch ein besserer Herrscher als Oz werden!“

Dann drückte sie den Blechmann. „Ich werde in den Westen gehen. Für dieses Land schlägt mein Herz. Die Menschen dort haben mich so gut repariert“, sagte der leise.

Und als sie sich vom Löwen verabschiedete, bemerkte sie, wie stolz und selbstsicher er dastand. Wie ein echter König der Tiere!

Dorothy nahm Toto auf den Arm, schlug die Hacken der Zauberschuhe aneinander und schloss die Augen. Dann sagte sie: „Nach Kansas.“

Als sie die Augen wieder aufschlug, saß sie am Küchentisch bei Onkel Henry und Tante Em. Und vor ihr stand ein Teller mit dampfender Suppe.